Un chien à la mer!

Une sacrée tempête
racontée par Wolfram Hänel
et illustrée par Ulrike Heyne

Traduction de Géraldine Elschner

Éditions Nord-Sud

FF
HAN
J

60p. 18cm ill. en coul.

© 1999 Éditions Nord-Sud, pour l'édition en langue française
© 1999 Nord-Süd Verlag AG, Gossau Zurich, Suisse
Tous droits réservés. Imprimé en Italie
Loi n° 49-956 du 16 juillet 1949 sur les publications destinées à la jeunesse
Dépôt légal: 1er trimestre 1999
ISBN 3 314 21172 4

Table des matières

1. Temps de chien sur la côte

La tempête fait rage. Dans les tuiles,
le vent hurle, un vent fou furieux
qui fait trembler les vitres et chasse
les nuages dans un ciel couleur d'encre.

Il est près de midi, mais il fait
noir comme en pleine nuit.
Yann et ses parents sont à table.
Ils ont dû allumer une bougie:
le courant est coupé, le téléphone
aussi.

«Bon sang, je ne voudrais pas être
dehors par ce temps de chien!» dit
le père de Yann.
Dehors, pour lui, ça veut dire en mer.
Le père de Yann est pêcheur.
Et jamais un pêcheur ne sortirait
par une tempête pareille.
«Faut quand même pas aller chatouiller
le diable trop près des cornes!»
murmure-t-il en regardant le ciel noir.

«Si seulement
j'avais un chien...»
dit tout à coup Yann
en fixant tristement
le fond de son assiette.

10

Son père sursaute.

«Qu'est-ce que ça changerait?»

«Je ne sais pas. Ce serait bien.
Je l'appellerais Tempête.»

Yann rêve d'avoir un chien: il trouve
qu'à neuf ans, il serait plus que temps
pour lui d'avoir enfin un compagnon
de jeux. Ce n'est pas drôle d'être
toujours tout seul.

Mais son père prétend qu'un chien,
ça ne s'achète pas au magasin
comme une paire de bottes.
«Un chien, ça se mérite!» dit-il souvent.
Allez savoir ce qu'il entend par là.
Yann ne comprend pas très bien,
mais son père n'en dit pas plus.

Juste au moment où Yann commence
à débarrasser la table, des pas lourds
résonnent dehors, sur les marches.
Yvon, le voisin, entre en trombe.
Sans même les saluer ni enlever
son bonnet, il dit:
«Un cargo a heurté les falaises du cap
nord cette nuit. Si on n'essaie pas
de sauver les hommes, ils sont perdus.
Le bateau ne tiendra pas longtemps.»

Yvon, le père de Yann et quelques
hommes du village font partie
de l'équipe de sauvetage.
Ils doivent se tenir prêts à intervenir
à la moindre alerte, vingt-quatre heures
sur vingt-quatre, même en pleine nuit,
même en pleine tempête,
comme aujourd'hui.
Le père de Yann est déjà debout.
Il ne pose pas de questions.
Sans dire un mot, sa femme va chercher
ses grandes bottes fourrées et sa veste
de marin. Puis elle lui caresse la joue
du revers de la main.
«On va devoir atteler les chevaux
pour tirer le canot jusque-là, dit
Yvon avant de sortir. Il faut traverser
les dunes, c'est la seule solution.»
La porte claque derrière eux.

Le courant d'air fait vaciller la flamme.
Des ombres glissent le long du mur.
On dirait des fantômes.

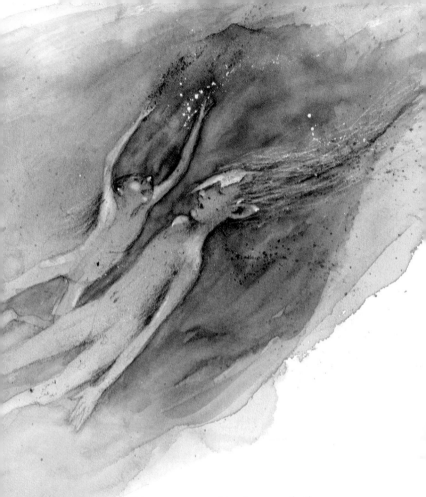

La mère de Yann reste là, immobile,
les yeux baissés. Elle ne dit rien,
mais ses lèvres remuent.
Yann se tait. Il sait qu'elle prie.

17

2. Pas à pas

«Je peux y aller? finit par demander
Yann à voix basse. Juste voir comment
ils tirent le canot dans les dunes…»
Sa mère lève les yeux. Elle le regarde
sans le voir. Elle est encore ailleurs.
Puis elle hoche la tête.
«Oui… d'accord, mais pas plus loin
que les dunes. Surtout pas plus loin!
Tu m'entends?»

Yann est déjà dehors.
Une rafale aussitôt vient lui couper
le souffle. Un vent à décorner
les bœufs! se dit-il tout en baissant
la tête. La pluie battante lui fouette
le visage tandis que l'eau glacée ruisselle
dans son cou, puis le long de son dos.
Mais c'est à peine s'il le remarque
tant il lutte pour avancer.

Lorsqu'il arrive enfin au hangar,
les hommes ont déjà attelé les chevaux
et enfilé leurs gilets de sauvetage.

Leurs visages sont graves,
graves et fermés,
sous les grands capuchons.
Pas un mot inutile ne tombe,
juste un appel de temps à autre.
Chacun sait ce qu'il doit faire.

Le grand Malo fait avancer les chevaux.
Yvon, le père de Yann et les autres
s'arc-boutent derrière le grand canot
et poussent de toutes leurs forces.
Yann pousse avec eux, si fort
que ses jambes en tremblent.

Pas à pas, les chevaux avancent
dans le sable, péniblement.
Mais le vent s'acharne contre eux,
comme s'il voulait à tout prix
les forcer à s'arrêter.
Malo pèse de tout son poids
sur la bride et encourage ses bêtes
autant qu'il peut.
«Allez mes braves, mes mignons,
mes champions, on y est presque,
allez, allez!»

Les voilà enfin au sommet
de la dernière dune. En face d'eux:
la mer, déchaînée, couleur de plomb.

Un peu plus loin, les lames vont
se briser contre les rochers. Des gerbes
d'écume jaillissent du fond des eaux,
avant de s'écraser dans un bruit
de tonnerre. C'est là qu'est le bateau,
comme cloué dans le roc.

Sur le pont disloqué, cramponné
au bastingage, un marin guette
les secours. Il attend, il espère.
Une fois de plus, le grand Malo
doit déployer toute sa force
pour faire avancer les chevaux
jusque dans les vagues.

26

Dans l'eau glacée jusqu'à la ceinture,
les hommes détachent le canot,
mais à chaque vague, le sol semble
se dérober sous leurs pieds.
Enfin libérés de leur fardeau,
les chevaux remontent au galop
vers la dune en hennissant.

Ils soufflent, la peur au ventre, et rien
ne les calme, pas même la main
de Yann qui leur tapote l'encolure.
Les hommes, eux, luttent avec le canot.
Le père de Yann parvient enfin
à se hisser à bord, puis les autres,
un à un.

Emportée sur les flots, l'embarcation
avance, puis disparaît entre les vagues.
Yann la cherche des yeux en retenant
son souffle jusqu'à ce que les gilets
des hommes réapparaissent enfin,
petits points rouges qui se détachent
sur le fond blanc et gris de l'eau.

3. Sauvetage en mer

«Rentre chez toi, petit! lui crie Malo
à l'oreille. Pas la peine d'être deux
à se geler les pieds!»
Mais Yann reste là face au vent,
les yeux brouillés de larmes.
Il ne voit plus rien, ne sent plus rien,
et vide machinalement le gobelet
de thé chaud que lui tend Malo.
Une seule chose compte encore:
le canot.
Là! Pour quelques secondes, le voilà
au creux d'une vague, juste sous l'épave
– et l'un des marins saute!
«Sauvé! crie Malo en serrant l'épaule
de Yann, il est sauvé!»
Le canot se retire de justesse.
La lame suivante l'aurait fracassé
contre la coque.

Puis le bateau revient sur une crête
d'écume et s'approche à nouveau
du cargo.
Un autre marin saute. Manqué!

Une vague submerge l'homme
qui disparaît sous les flots, mais il refait
surface, et hop! attrape la main tendue.
Sauvé, lui aussi!
Plusieurs fois de suite, le canot risque
ainsi une nouvelle approche, encore
et encore, jusqu'à ce que le dernier
marin soit à son bord.

32

«Diables d'hommes!» crie Malo
à contre-vent en lâchant enfin
l'épaule de Yann qu'il tenait serrée
comme dans un étau.
«À nous de jouer maintenant, petit,
viens!»

34

«Mais…» Yann reste figé sur place,
le doigt tendu vers l'épave.
«Mais… il en reste un à bord!»
«Tu rêves!» dit Malo.
«Non, regarde! On dirait… un chien!
crie alors Yann. Il y a encore un chien
sur le bateau!»

Malo secoue la tête.

«Trop tard. Allons petit, viens maintenant!»

Une fois de plus, il empoigne les brides et tire les chevaux jusqu'à l'eau.

Ils doivent reprendre le canot.

À peine les hommes ont-ils mis pied à terre que Yann se jette sur son père en hurlant:

«Papa, il reste un chien dans l'épave! Vous avez oublié le chien!»

«Je sais, dit son père en le prenant dans ses bras. Je sais... Il n'y avait pas moyen d'aller plus près pour l'attraper. On a déjà risqué assez gros comme ça. Enfin, tous les hommes sont sains et saufs, c'est le principal. Rentre vite à la maison maintenant, et dis à ta mère que j'arrive dès que les hommes seront au chaud.»

4. «Saute, bon sang, saute!»

Mais Yann ne rentre pas. Il prend
le chemin de la falaise. Même d'ici,
derrière les dunes, il lui semble
entendre le chien qui pleure.
Il réfléchit, calmement.
Dès que la mer commencera
à se retirer, il devrait pouvoir avancer
un peu, peut-être assez loin…
On dirait que le vent s'est légèrement
calmé. Et déjà, la pointe des premiers
récifs commence à dépasser de l'eau.
Pourvu que le bateau tienne le coup!
se dit Yann. Prudemment, il descend
le long des rochers, cherchant
avec peine un appui pour son pied.
Jamais encore, il ne s'était aventuré
aussi loin dans la falaise.
À présent, il entend clairement
les jappements plaintifs du chien.

Quelques mètres seulement
les séparent, mais Yann ne peut
s'approcher plus.
Toutefois, si le chien sautait,
et que les vagues l'entraînaient
vers lui, il pourrait peut-être
l'attraper...

Plus bas, Yann découvre un gros
rocher plat et se risque sur la pierre
lisse que la mer balaie à chaque vague.
D'ici, il a peut-être une chance.
Il faut essayer. Doucement, il appelle:
«Allez viens, saute!»

Mais le chien ne l'entend pas.
Yann se redresse alors et crie,
mettant ses mains en porte-voix:
«Saute, voyons, saute!»
Le chien n'ose pas.

Recroquevillé sur ses pattes de derrière,
il le regarde en gémissant de plus belle.
Yann l'appelle, une fois de plus.
«Mais saute, bon sang, saute!»

Alors soudain, rassemblant
tout son courage, le chien
saute par-dessus le bastingage
et se met à patauger désespérément.
Il veut sauver sa vie.
Mais une énorme vague le soulève
et le rejette vers les récifs abrupts.

Yann se penche aussi loin qu'il peut.
Là! Le collier! Il tient le collier, le tire
de toutes ses forces. Mais le chien
est lourd, et Yann n'a aucune prise
sur la pierre trop lisse.

De sa main libre, il essaie de s'agripper
au bord du rocher, mais il glisse
lentement, irrésistiblement…

C'est alors qu'il sent une main ferme
l'empoigner et, d'un seul coup, le tirer
en arrière. Une autre saisit le chien.
Ils sont sauvés, sauvés tous les deux!
«Eh bien dis-moi, il était moins une!
Si Malo ne t'avait pas vu prendre
la direction des falaises…»
Le père de Yann fronce les sourcils.
Ça y est, qu'est-ce que je vais entendre!
se dit Yann. Mais son père ne dit pas
un mot. Il le serre simplement contre
lui, très fort.

Puis l'homme charge le petit chien
tout tremblant sur son épaule
et remonte la falaise.
Yann est trempé.
Il doit bouger pour se réchauffer.
Quand les hommes du village
arrivent pour leur porter secours,
le père de Yann dit seulement:
«Faut qu'il marche, il est glacé.»

Alors Yann marche, malgré ses jambes
qui ne le portent plus, malgré ses yeux
qui se ferment tout seuls.
Il n'en peut plus.

La suite est floue dans sa mémoire.
Il revoit vaguement sa mère le frotter
avec une serviette puis l'enrouler
dans une grande couverture de laine.
Il se rappelle aussi le litre de tisane
chaude qu'elle lui a fait avaler.
Ensuite, plus rien: il a dû s'endormir,
comme une masse.

5. Tempête pour Yann

C'est un coup de langue rêche qui vient
réveiller Yann. Elle lui lèche la main,
la lèche et la relèche.
Doucement, Yann entrouvre les yeux.
Au bord du lit, un chien est là
qui le regarde. Son chien!

L'oreille dressée, la tête penchée
sur le côté, il a l'air de demander:
«Alors, tout va bien?»

«Tout va très bien, Tempête!»
murmure Yann en prenant
la petite tête entre ses mains.

Et il frotte son nez sur le museau glacé
en chuchotant :
«Tempête! Sacrée Tempête!»

Puis Yann entend du bruit
dans la cuisine: des voix, des chaises
que l'on bouge, puis des pas
dans l'escalier. La porte s'ouvre,
et son père entre, suivi des marins
du cargo.

Ça y est, ils viennent reprendre
leur chien! se dit Yann, affolé.
Il est à eux, bien sûr, pas à lui!
Même s'il vient se blottir contre
Yann qui a beaucoup de mal
à retenir ses larmes.

«L'épave s'est cassée en deux peu après
notre départ, dit son père. Sans toi,
le chien était perdu. Il n'aurait eu
aucune chance de s'en tirer. Du coup,
les marins pensent que c'est à toi
de le garder.» Et il répète en voyant
les yeux incrédules de Yann:
«Oui, tu peux le garder, il est à toi.
Ta mère et moi sommes d'accord.
Tu l'as bien mérité.»
«Mais… seulement si tu le veux,
bien entendu», ajoute l'un des marins
en souriant d'un air embarrassé.

«Si je le veux? Mais bien sûr
que je le veux!» s'écrie Yann
en sautant au cou de son père.
«Merci, Papa, merci!»
Le chien lui fait la fête
comme s'il avait compris.
«Au fait... il s'appelle comment?»
demande Yann.
Les marins haussent les épaules.
«Tempête, dit son père.
Ça va de soi, non?»

À propos de l'auteur

Wolfram Hänel est né en Allemagne,
à Fulda, en 1956, et a failli devenir
professeur d'anglais et d'allemand.
Mais à la fin de ses études,
il a d'abord travaillé dans le théâtre
puis la publicité. Préférant finalement
l'écriture à l'enseignement, il s'est mis
à écrire des pièces et des livres
pour enfants.
Wolfram Hänel vit à Hanovre
mais va souvent à Kilnarovanagh,
un petit village d'Irlande où il aime
se promener sur la plage les jours
de tempête avec sa femme, sa fille
et son chien noir et blanc.

Sont parus dans la collection
C'est moi qui lis :

Les enfants apprennent
à lire tout seuls
en s'amusant

Apprendre aux enfants
à lire avec plaisir,
leur faire aimer la lecture comme si c'était un jeu:
tel est le souci des Éditions Nord-Sud
à travers la collection «C'est moi qui lis»
en format de poche.

Cette collection aide les plus jeunes
à découvrir la lecture par:

• un choix de thèmes
destinés aux lecteurs débutants:
des histoires où l'imagination, le rire et le suspense
font que les pages se tournent d'elles-mêmes;

• des textes clairement structurés;

• des illustrations en couleurs qui accompagnent le récit
de bout en bout et en facilitent la compréhension.

Éditions Nord-Sud